KB063589

걸으면   보이는

걸으면   보이는   이호준 사진 에세이

몽스북
mons

진정한 여행은

새로운 풍경을 찾는 것이 아니라

새로운 시각을 갖는 것이다.

— 마르셀 프루스트, 『잃어버린 시간을 찾아서』 중에서

추천사

—

이호준 작가의 포토 에세이 『걸으면 보이는』을 본다. 세간에는
"멈추면 비로소 보인다"고 하는 이도 있고, "올라갈 때 못 본
것을 내려올 때 보았다"는 이도 있다. 이호준 작가는 걸으면서
보는 것이니 문법적으로는 '동시 동작'이다. 그는 직장 생활
중 바쁘고 힘겨웠던 40대에 건강을 위하여 걷고 달리기를
시작했다고 한다. 이른 새벽, 안양천변과 한강변을 걷는 그의
눈에 보이는 것이 있었다. 그는 강과 도시를 물들이는 빛과
색깔을 보았고 문득 이를 사진으로 담아야겠다는 생각을 하게
되었다. 호모 암불란스(Homo Ambulans 걷는 사람)에서 호모
포토쿠스(Homo Photocus 사진 찍는 사람)로 진화한 것인가.
오늘도 그는 여전히 걸으면서 보고, 걸으면서 찍는다.

그에게 걷기는 "관능의 세계로 들어가는 의식과도 같다. 걷는
동안 모든 감각이 활성화"한다. 그렇게 천천히 걷다가 "벼락같은
장면을 만난다. 걷기는 모든 감각을 동원해 세상을 느끼는 방법,
좋은 피사체로 이끄는 안내자"이다. 그러다가 마침내 그는 "발로
사진을 찍는다"…. 부지런한 걸음걸이가 좋은 사진을 만든다는

그의 지론대로, 그의 작품은 걷지 않으면 볼 수 없는 장면을
포착하고 있다. 신새벽 첫차, 도심의 좁은 골목길과 가파른 계단,
한강변 한적한 섬들의 풍경은 도시와 문명의 뒤안길을 보여주고
있다. 처음 첫차를 탔을 때 현장에서 일하는 사람들로 꽉 차 있던
선명한 기억을 언급하는 글을 보며 노회찬의 6411번 버스가
소환된다. 그렇게 그의 사진은 이 시대를 '기록'하는 동시에
'표현'하고 있다. 마이클 잭슨은 〈히스토리History〉에서 "매일
당신의 역사를 만드세요. 지나는 골목길마다 당신은 유산을
남기고 있어요."라고 노래했다. 이호준 작가는 사진으로 역사를
남기고 있는 것이다.

『걸으면 보이는』은 이호준 작가가 사진을 찍기 시작한 내력에서
최근의 작가적 성취까지 궤적을 더듬어볼 수 있는 작품집이다.
그에게 사진은 힐링과 성찰의 작업이며 세상과 사람들에
대한 그만의 소통 방식이다. "사진은 나에게 새로운 세상을
열어주었고, 밋밋하고 무감정한 중년의 삶이 되지 않도록 나를
구원해 주었다. 여전히 삶은 팍팍하지만 일상에 매몰되지
않도록 나를 이끄는 것은 사진이다." 사진 작품에 다정다감한
이야기를 더한 이번 포토 에세이집은 저자 직강처럼 호소력 있게
다가온다. 그의 글은 그의 사진처럼 작가의 심성을 반영하고

있다. "마음을 움직이는 사진, 이면에 이야기를 품고 있는 사진"을 보려면 『걸으면 보이는』에 실린 그의 작품을 볼 일이다. 그리고 그 눈길로 자신의 주변을 돌아볼 일이다. 주변의 물상은 각성한 당신의 시선을 기다리고 있다. "사진은 카메라가 찍는 게 아니라 눈과 마음으로 찍는다."

이호준 작가와는 그가 목동 방송회관 방송위원회에 근무하던 시절, 필자가 같은 건물에서 PD연합회장으로 재임하면서 인연이 시작되었다. 이후 몇 번의 전시회에서 작가와 관람객으로 연결이 이어졌다. 작품을 볼 때마다 사진에 담긴 그의 성실성과 진지성, 작가 정신에 깊은 인상을 받았다. 미학적 성취와 시대적 기록을 함께 추구하고 구현하는 그의 작품에 경의를 표해 왔다. 그가 "사진의 오라aura는 시간이 만들어주는 것"임을 실감할 때, 나와 이 작가와의 우정도 그러할 것임을 믿는다. 집에 소장한 '불광동 골목길 담벼락 해바라기' 사진에도 흐르는 세월과 더불어 이호준 작가와의 인연이 켜켜이 쌓여갈 것이다.

— 정길화(한국국제문화교류진흥원장, 전 PD연합회장)

—

이호준 작가는 사진 놀이를 하는 진정한 사진가다. 그가 가는
곳은 사진이 된다.

이호준 작가와의 인연은 한 사진 모임에 강연을 갔던 때로
기억한다. 행복한 시간이었다. 이후 드물게 그의 일상을
소식으로, 대면으로 또는 그의 따뜻하고도 진솔한 작품으로
접하게 된 것 또한 나에게는 행복이었다.

우체국은 행복한 소식을 나르는 기차역이 아닐까. 우체국에
근무하는 사나이, 두 발로 걸어다니며, 또는 자전거를 타고
바람을 가르며 실어 나른 그의 작품들이 심상의 옷을 입고
세상으로 나가게 된 것을 진심으로 축하한다.

— 정봉채(사진가)

—

걸으면 보이는! 걸어야 제대로 보입니다.

가지 않으면 못 보았을 것을, 자동차로 휙 하고 지났으면 보지
못했던 것을 온몸으로 느끼게 합니다.

우리는 호모 포토쿠스, 카메라는 몸과 하나가 되었습니다.

걸으면서 느끼는 몸의 각성과 자연의 변화, 작가의 땀 냄새와
태양과 바람을 오감으로 느낍니다.

이호준 작가는 걸으며 세상을 봅니다. 그가 느낀 오감에 작가의
감각을 더해 렌즈에 담았습니다. 작가의 작품 하나하나에 그
육감을 함께 느낍니다.
남다른 세상 보기ways of seeing가 나를 깨웁니다.
— 이창현(국민대학교 언론정보학부 교수)

—

멈추어야 비로소 보이는 게 있듯 찬찬히 걸어야만 볼 수 있는
무엇이 있습니다. 이호준 작가의 사진은 그 무엇을 관조적이지만
따듯한 시선으로 보여줍니다. 따듯한 시선으로 사진 속의
아스라한 세상과 생계에 지친 나를 연결시켜줍니다. 그 연결
속에서 한숨 돌리는 휴식과 미소를 찾을 수 있습니다. 참 좋은
작품으로 잘 만든 책이라 모든 분께 일독을 권하고 싶습니다.
— 이재진(한양대학교 미디어커뮤니케이션학과 교수)

PROLOGUE

"즐거움은 언제나
어설픈 지식을 가진 자의
손아귀에 있다"

잘 만들어진 음악처럼 삶에도 리듬감이 있으면 얼마나 좋을까.
안주머니에 스트레스를 조절할 수 있는 처방전 하나 넣고 다닐
수 있으면 얼마나 든든할까.
인생은 장거리 레이스와 같아서 목표 지점에 안착하려면 강약의
조화와 완급 조절이 필요하다. 내가 좋아하는 일만 할 수 있으면
좋겠지만 현실은 자주 기대를 배신한다. 그런 때를 대비해
수시로 들락거릴 수 있는 곳을 하나 만들어 놓으면 좋겠다는
생각을 한다. 고단할 때 달려갈 수 있는 나만의 세계, 단박에
몰두할 수 있는 그 무엇을 물색해 두면 좋겠다고 생각했다.

40대부터 본격적으로 사진을 찍기 시작했다. 직장 생활 중 가장
바쁘고 힘겨운 시기였다. 스트레스는 해소되지 않은 채 속으로
쌓여만 갔고 건강에도 적신호가 켜지기 시작했다. 몸과 마음에

문제가 생기고 있다는 것을 직감하고 처방전을 고민했다. 내놓은
결론은 산책과 자전거 타기. 주말과 휴일이면 집에서 가까운
안양천과 한강에 나가 걷고 달리기 시작했다. 주로 이른 새벽,
일출 즈음에 한강을 나갔는데, 어느 날 갑자기 강과 도시를
물들이는 빛과 색깔이 마음을 사로잡았다. 문득 그걸 사진으로
담아야겠다는 생각을 하게 되었다. 혼자 걷던 길에 카메라가
동행하기 시작한 것이다.

나는 취미로 사진을 찍는 공무원이다. 프로는 아니지만,
나에게도 사진 철학은 있다. 제목과 설명 없이도 직관적으로
알아볼 수 있는 사진을 찍는 것, 어떠한 연출이나 효과
없이 피사체를 그대로 재현하는 것만으로도 예술적 표현이
가능하다는 것을 보여주는 것이다. 그걸 위해 내 주변의 익숙한
곳을 걷고 또 걷는다. 주말이면 버스나 기차를 타고 낯선 도시와
전국 각지의 작은 마을을 찾아가기도 한다.

열정을 쏟을 무언가가 있다는 것은 경험해 본 이들만이 알
수 있는 희열이다. 사진은 나에게 새로운 세상을 열어주었고,
밋밋하고 무감정한 중년의 삶이 되지 않도록 나를 구원해
주었다. 여전히 삶은 팍팍하지만 일상의 소소한 스트레스에

매몰되지 않도록 나를 이끄는 것은 사진이다.

가끔은 사진에 흥미를 잃거나 지칠까 봐 걱정이 되기도 한다.
인생의 동반자로 삼은 사진이 싫어지는 게 두려운 것이다.
그때마다 니체의 말을 되새긴다.
"즐거움이라는 것은 언제나 어설픈 지식을 가진 자의 손아귀에
있다."
이 말에 고무되어 『걸으면 보이는』을 세상에 내놓게 되었다.
어설프지만, 가장 즐거운 순간에 찍은 사진과 글이 독자들의
마음에도 닿기를 바란다.

2021년 8월 이호준

CONTENTS

1

추천사

프롤로그

걷다

천천히 걷다가 24

걷는 동안 26

큰 산 28

뒷모습 미학 32

나의 시간 36

계단의 진실 38

새의 눈으로 42

생활 예술 46

열린 미술관 48

첫차 50

비행기 여행 52

2

3

아날로그

발견

건물의 표정 60

벼락같이 만나다 106

디지털 세상에서 아날로그를
추억하다 62

나루터 110

시간을 잡는 일 114

빨래 68

노들섬 재탄생 116

을지로 골목길 70

밤섬 118

헌책방 보물찾기 72

동해 122

소셜 딜레마 76

꽃 사진 124

혼자서 80

해바라기 128

일터의 기억 82

3월, 강가 132

옛터 86

헌정 136

호모 포토쿠스 90

강가 풍경 138

오래된 상점 92

지는 꽃도 꽃이다 142

뮤즈 96

제철 사진 144

다시, 가족 98

섬진강 유채꽃 148

기차역 100

방해꾼 없는 강 152

수평선 154

4

길

자전거와 인생 162

골목길 예찬 166

한강 다리 168

점보단 선 172

바람 따라 174

왕의 도시에서 신의 마을로 178

걷기의 예술 180

부암동 182

길 186

지리산 불국토 가는 길 190

5

사진

여백 196

사진의 두 가지 욕망 198

노출의 트라이앵글 법칙 204

구도에 대하여 206

어디에서 찍을 것인가 208

'악마 렌즈'란 없다 212

사진 보정에 대하여 214

필름 카메라 218

초상권 침해 220

좋은 사진은 마음을 움직인다 222

사진의 깊이 228

카메라를 바꾸면 232

사각 프레임 234

수직 수평 236

재현 사진의 예술성 238

2012. 8. 서울 봉천동

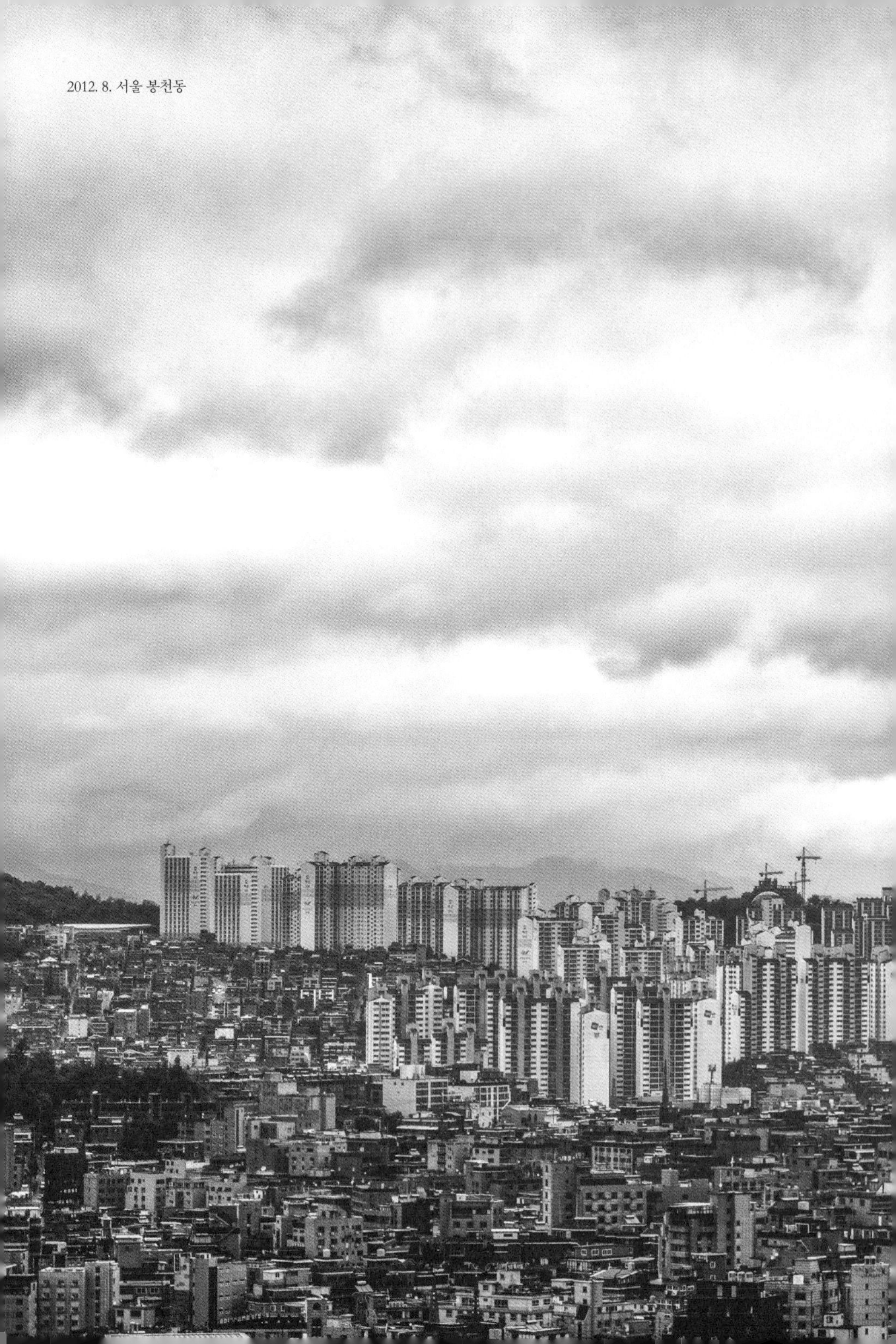

2019. 8. 서울 목동 안양천

24.

천천히 걷다가

천천히 걷다가 벼락같은 장면을 만난다.

걷기는 모든 감각을 동원해 세상을 느끼는 방법,

좋은 피사체로 이끄는 안내자다.

걷는 동안

걷기는 관능의 세계로 들어가는 의식과도 같다.

걷는 동안 모든 감각이 활성화한다.

마음은 단순해지고 잡다한 생각은 접게 된다.

생활 속에서 맞닥뜨린 어려움들이 쌓여 있을 때, 천천히

걷다 보면 해결의 실마리가 떠오르곤 한다.

걸으며 그 문제에 온전히 몰두하기 때문이다.

주변의 잡다한 조언이나 충고에 의지하지 않고 나의 능력과

한계를 정확히 인식하게 된다.

걷는 동안, 내 안의 문제들은 이미 갈 길을 알게 된다.

2014. 7. 서울 여의도 수변공원

2012. 10. 북한산 백운대

큰 산

큰 산에 오르며 고통스러움에 후회하지 않은 적이 없다.
큰 산에서 내려오면서 성취의 희열에 휩싸이지 않은 때가 없었다.
정복의 심정으로 오르진 않지만, 목표한 지점에 올라야 한다는
각오는 늘 다진다. 그렇게 여름엔 설악, 겨울에는 소백에 오른다.
큰 산을 찾는 이유는 고통과 희열을 온몸으로 느끼며 사색에
몰두하고 싶어서다. 도시에서는 하나의 감정과 생각에 몰입하기
어렵다. 큰 산에 들면 머무는 동안만큼은 감정에 집중할 수 있다.
그런 집중의 힘으로 나를 인식하고 목표를 다진다.

2016. 7. 강원 설악산

뒷모습 미학

뒷모습에는 거짓이 없다.

몰두의 순간, 소소한 기쁨, 슬픔과 외로움을 감출 수 없다.

그런 뒷모습의 정직함을 미학으로 승화시킨 사진가가

에두아르 부바(1923~1999, 프랑스)다.

대개 사진은 앞모습을 향하는 게 좋다고 말한다.

하지만 때로 뒷모습이 더욱 강렬하고 매혹적으로 다가온다.

코앞 북녘 땅과 맞닥뜨린 인천 백령도 두무진 해변으로

일몰 경비를 나가는 해병대원, 서울 삼성동 봉은사 미륵대불 앞에

가부좌를 틀고 앉아 있는 학생의 뒷모습이

이 시대 젊은 세대의 모습과 고민을 보여주는 듯하다.

2019. 10. 인천 백령도 두무진

2012. 7. 강원 평창

나의 시간

아침잠을 잃고 나서 새벽이 바빠졌다.

5시쯤 일어나 집을 나선다.

뛰다 걷다를 반복하며 주변 공원을 돈다.

밤새 굳은 근육이 풀리고 땀이 흘러 몸을 데운다.

집에 들어와 샤워를 하고 아침을 챙겨 먹고 출근을 한다.

7시 30분이면 사무실 책상에 앉는다.

동료들은 아직 출근 전.

종합 영양제를 입에 털어 넣고, 진한 커피를 마신다.

하루 중 가장 행복한 시간이다.

몸은 노곤하지만 머리는 맑다.

주위는 조용하다.

9시까지 키보드를 매만지며 생각을 정리한다.

짧게 쓰고 다듬는다.

온전한 나의 시간이다.

계단의 진실

계단 오르기가 수월해졌다. 분명 다리 근육의 힘은 떨어졌는데
요령이 생긴 거다. 어렸을 때는 성큼성큼 그리고 빠르게 오르는
게 능사라고 생각했다. 하지만 계단을 그렇게 올라서는 힘만
더 든다. 어차피 앞에 펼쳐진 계단을 모두 밟아야 오를 수 있다.
욕심껏 두세 계단씩 건너뛸 수 있지만 숨만 차오를 뿐이다.
이렇게 오르나 저렇게 오르나 도달 시간의 차이도 크지 않다.
한 계단 한 계단 찬찬히 오르다 보면 어느새 목적 지점에
다다른다. 젊을 때는 알아차리지 못했던 계단의 진실이다.

새의 눈으로

도심 속에서 보는 서울은 온전한 서울이 아니다.

숲속에 들어온 듯, 고층 빌딩에 둘러싸인 도시의 특정 부분만

눈에 들어온다.

가끔 북한산이나 인왕산에 올라 서울을 본다.

전혀 다른 모습이 눈에 들어온다.

새의 눈으로 바라보는 도시의 색다른 풍경이 다가온다.

도시의 과거와 현재, 어쩌면 미래의 모습까지도

한눈에 담을 수 있다.

2017. 11. 서울 북악산 전망

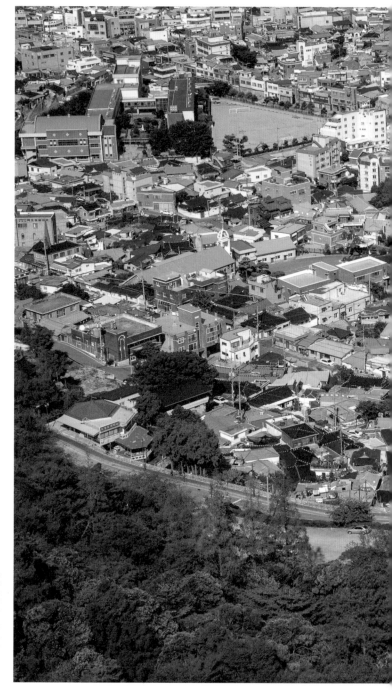

2018. 7. 전남 목포 유달산 전망

생활 예술

예술이 꼭 고고할 필요는 없다.

예술이 삶의 모습과 분리된 특별한 것이 아니고, 예술을 누릴 수

있는 계층이 따로 있는 것도 아니다. 가치 있는 예술은

생활 속에서도 나온다. 특정 장소에 놓여야만 하는 것도 아니고,

유명 작가의 손길을 거쳐야 하는 것도 아니다. 굳이 전시장에

가지 않더라도 더불어 사는 공간에서, 골목길을 걸으며

예술의 향기를 맡을 수 있으면 좋겠다.

2020. 9. 서울 문래동

열린 미술관

미술관은 누구에게나 열려 있다. 미술 애호가가 아니더라도
미술관 카페에서 커피 한잔 마시는 호사를 누릴 수 있다.
특히 공공 미술관은 유서 깊은 병원, 정부 청사, 기차역 등을
리모델링해 꾸민 경우가 많아 건물 자체가 문화유산이고
시민들에게 친숙하다. 건물 안에는 숨어 있는 공간도 많다.
조용히 명상을 하거나 잠시 졸아도 좋은 은밀한 장소들이다.
도시를 걷다 지치면 오아시스 같은 미술관을 찾는다.

2018. 8. 서울시립미술관

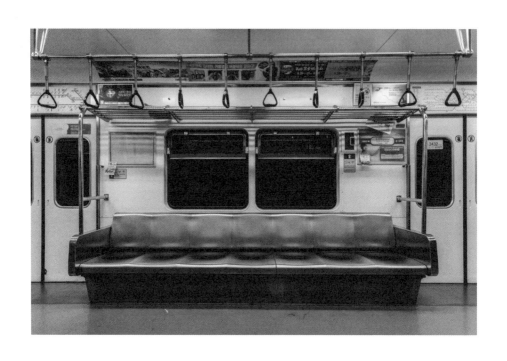

2017. 8. 서울 지하철 1호선

첫차

처음 첫차를 탔을 때 기억이 선명하다.

이른 시각이라 당연히 편안하게 앉아서 갈 것으로 생각했는데
승객이 꽉 차 있었다.

대부분 블루 컬러 차림이다. 연세는 지긋하다. 이내 이들이
메트로폴리탄의 엔진에 시동을 걸러 나가는 사람들이란 걸
알 수 있었다.

육체노동, 식당 보조, 일용직, 비정규직 등의 말이 떠오르는
현장에서 일하는 사람들이다. 이들이 도시를 세팅하고 나면,
예열된 엔진을 운전할 화이트 컬러들이 출근한다.

도시는 그렇게 기지개를 켠다.

비행기 여행

전 세계 공항이 활력을 잃고, 비행기는 멈춰 섰다.

Window side please! 창밖의 환상적인 구름 모습과 비행기 안에서

내려다본 하늘 밑 광경이 그립다.

공항 출구에서 포옹과 악수, 얼굴을 맞대는 일상의 소중함.

역병의 시절이 한순간 기억으로 남고

지구의 하늘이 다시 북적이는 날이 오기를.

2016. 4. 폴란드 상공

2016. 2. 동남아시아 상공

2014. 7. 서울 서부이촌동

건물의 표정

건물도 사람처럼 표정이 있다.

표정은 시간의 누적이다.

낡고 노쇠해 건물의 표정이 변했다 해도 그 안의 쓰임새마저

달라진 것은 아니다.

피치 못할 구조적 문제가 없다면 단장과 수선으로 상당 기간

쓰임새를 늘릴 수 있다.

그러니 더욱 안타까운 일. 대한민국 아파트는 무너뜨려야

도달할 수 있는 욕망의 정점이다.

기껏 50년을 넘기기 힘든 우리네 집 모습은 세대를 이어가는

주거의 연속성을 상상하지 못하게 만든다.

건물의 노후화를 연륜이라는 표정 변화로 받아들일 수는 없을까?

콘크리트로 상징되는 개발 시대의 그림자가 여전히 디지털

시대의 욕망을 지배하고 있다.

2019. 9. 독일 베를린

디지털 세상에서 아날로그를 추억하다

눈금이 흔들리는 아날로그에서 숫자가 찍히는 디지털로
세상이 변하고 있다.
디지털화가 진전될수록 아날로그로 회귀하고 싶은
욕망은 커져간다.
감성까지 디지털화되는 것을 받아들이기 힘들어서일 것이다.
지금 시대의 사진은 디지털 기술의 산물이지만,
사진이 전하는 감성만큼은 여전히 아날로그이길 바란다.
디지털 세계에서 벗어나 마음을 놓을 수 있는 쉼터가 되길 바란다.

2014. 4. 서울 종로3가

2019. 12. 충남 판교

64.

2017. 3. 서울 낙원동

2015. 8. 서울 서부이촌동

빨래

빨랫줄과 빨래집게, 햇빛 머금은 빨래의 풍경은

보는 순간

마당 있는 집에 살던 어릴 적 시절로

나를 데려다준다.

2014. 3. 서울 창신동

2018. 7. 서울 세운상가 전망

을지로 골목길

서울 도심에는 미로 같은 골목길이 여럿 있다.
그중에 충무로역을 출발해 진양상가, 신성상가, 삼풍상가,
세운상가를 가로지르며 주변 골목길을 들락날락하는 코스가
특히 매력적이다. 어제 갔던 길을 오늘 똑같이 가기 힘들 정도로
이곳 골목은 질서정연과 거리가 멀다.
을지로, 종로 일대는 우리나라 산업 근대화의 자취를
잘 보여주는 곳이다. 철공, 전기, 조명, 인쇄 산업이 태동한
곳이다. 여전히 많은 소상공인의 삶의 터전이고 초기 흔적이
남아 있어, 그걸 더듬고 사진으로 담는 것이 즐겁다.
걷기의 종착지는 대개 광장시장이다. 어묵 몇 개 곁들인 잔치국수
한 그릇 뚝딱하고, 마약김밥 손에 든 귀갓길은 언제나 흐뭇하다.
아쉽게도 이곳 골목길의 수명이 다해 가고 있다. 재개발의
기운이 곳곳에 움트고 있는 것이다.

헌책방 보물찾기

헌책방을 찾은 손님에게 주인이 묻는다.

"어떤 책을 찾으세요?"

제목이 아니라 책의 장르다.

어수선하기 짝이 없어 보여도, 모든 책에는 각자의 자리가 있다.

주인은 그 지점을 좌표 찍듯 말해 준다.

주인이 말해 준 곳에서부터 손님은 보물찾기를 시작한다.

2020. 3. 인천 배다리

2020. 3. 서울 신촌

2016. 4. 핀란드 헬싱키

소셜 딜레마

끊임없는 연결은 축복일까 비극일까?

원하든 원치 않든 모든 것이 연결되고 있다.

연결과 소통은 결이 다르다.

소통은 상호 이해를 전제로 하지만, 연결은 대상과 방향이

편향적이다. 연결이 많아지고 그 범위가 넓어질수록

공감과 공유는 줄어드는 아이러니가 발생하기도 한다.

소셜 딜레마Social Dilemma! 연결을 끊는 건 어렵고 불가능에

가깝지만, 그걸 삶의 긍정 에너지로 만들고 소통하는 도구로

이용하는 건 가능하다.

스마트 기기를 쥐고 있는 우리에게 던져진 숙제다.

2020. 4. 인천 영종도

혼자서

혼자서도 즐거운 세상이다.

혼자서도 얼마든지 즐길 수 있다.

혼자의 삶이 늘어나는 건 거스를 수 없는 시대적 대세다.

같이 살아가는 법을 잃은 새 인류의 등장을 예고하는 것인지,

이전과는 전혀 다른 소통 방식의 새로운 시작인지 지켜볼 일이다.

일터의 기억

근무했던 일터의 기억을 떠올리며 단 한 장의 사진을

고르고 싶었다.

당시의 기억을 더듬으면 번뜩 떠오르는 장면 말이다.

그렇게 찾아낸 사진에는 공간만 있고 사람의 모습은 보이지

않았다. 그래도 사진을 보면 당시 추억이 스친다.

무슨 마음이었는지, 사진은 말하고 있다.

고즈넉했던 남도 생활, 정겨웠던 동료들에 대한 기억을 사진은

고스란히 담고 있다.

그때 나는 행복했었다.

2018. 1. 전남 나주 우정사업정보센터

2019. 12. 경기 부천우편집중국

옛터

흔적만 남은 옛터는 온전히 남아 있는 것보다 더욱 명징하고
구체적이다.

흔적이기도 하지만 사건의 증거이기도 하다.

상상력을 자극하고 이야기를 만들어낸다.

바라보는 사람은 옛터에 감정을 이입한다.

아는 만큼, 보는 만큼 느끼고 상상한다.

경북 경주의 황룡사 터를 보고 얼마나 많은 복원도가 그려졌으며,

서울 종로의 백사실계곡 별서를 바라보며 얼마나 많은 이야기가

탄생했을까.

부디 계속 터로 남아주길.

상상을 덮는 섣부른 복원은 안 하느니만 못하다.

2014. 7. 경북 경주 황룡사지

2020. 8. 서울 부암동 백사실 별서터

호모 포토쿠스

우리나라는 인구수보다 휴대폰 가입자 수가 많다고 한다.
영유아를 제외하고 휴대전화를 쓸 수 있는 사람은 대부분
이동 통신 기기를 쓰고 있다는 말이다. 모든 휴대폰에는 카메라가
장착돼 있으니, 전 국민이 온종일 카메라를 들고 다니는 셈이기도
하다. 이런 상황은 마치 우리 몸에 카메라가 이식된 느낌을 준다.
장소와 때를 가리지 않고 찍을 수 있다. 그렇게 사진은 인간의
삶을 구성하는 핵심 요소가 되었다. 현대인은 이미
호모 포토쿠스Homo Photocus로 진화해 끊임없이 기록하고
표현하는 존재가 되었다.

오래된 상점

오래된 마을에서 사라져가는 상점을 만난다. 이미 문을 닫았거나,
명맥만을 유지하는 작은 가게들이다. 한때 손님들로 붐비고,
귀 쫑긋하게 만드는 소식과 풍문들이 모이고 흩어지던 곳.
적막뿐인 이곳에서 삶의 진한 흔적을 본다.
오래된 장소에서만 느낄 수 있는 향수가 가득하다.

2013. 1. 서울 본동

2019. 3. 전남 영암

뮤즈

예술가에게는 뮤즈가 필요하다. 끊임없이 영감을 주고 재능을
일깨워 머릿속에 맴도는 예술혼을 밖으로 끌어내주는 존재이기
때문이다. 뮤즈를 옆에 둔 예술가는 미치고 ^{誑} 미칠 ^{及} 수 있다.
김환기에게 김향안이 나타났고,
이중섭 앞에 야마모토 마사코가 등장했듯이 말이다.

2016. 5. 서울 국립현대미술관

다시, 가족

1인 가구가 급속히 늘고 있다.

소형 평수 아파트가 인기를 얻고, 택배 시장은 폭발적으로 성장했다.

가족 간 소통 방식도 달라지고 있다.

머지않은 미래에 마주하게 될 가족상의 대변혁을 예고하는 것처럼 보인다.

코로나19는 아이러니하게도 가족의 의미를 짚어볼 시간을 우리에게 주었다. 집 안에 머무는 시간이 늘면서 가족 관계의 중요성이 부각됐다.

하지만 이 또한 이미 시작된 변화를 가로막을 순 없을 것이다.

이 시간이 지나면 다시, 변화는 걷잡을 수 없이 속도를 낼지도 모른다.

2013. 11. 미국 하와이

2016. 2. 서울역

기차역

기차 여행을 자주 한다.

버스도 좋지만 기차가 더 좋다.

기차는 달릴 때 리듬감이 있다.

마디가 있는 레일을 지날 때 규칙적으로 진동이 발생하는 것이다.

규칙적인 리듬은 안정감을 주고, 나른한 졸음을 부른다.

책을 봐도 피로감이 크지 않다.

리듬에 몸과 마음을 싣고 창밖을 바라보며 계절의 가고 옴을

실감한다.

기차역의 활기찬 분위기도 좋다.

출장이든 여행이든 역 건물에 들어설 때는 언제나 설렘에

사로잡힌다.

도착과 출발이 무한궤도처럼 반복되는 곳, 무수한 이별과 만남이

공존하는 곳, 그런 기차역에 모여든 사람들의 움직임만 봐도

생동감이 느껴진다.

2020. 5. 서울 아현동

2015. 1. 서울 동대문

벼락같이 만나다

사진 여행 중 가장 짜릿한 순간은 예상치 못한 멋진 장면을
벼락같이 만날 때다.
그 순간을 놓치지 않고 기억 장치에 담았다는 뿌듯함은
행복감의 극치다.
중독처럼, 그 감정을 또 맛보고 싶어 오늘도 카메라를 챙겨
낯선 세계로 들어간다. 벼락같은 장면은 지극히 개인적인 경험,
결코 예상할 수 없는 출현이다.
삼각대 위의 카메라로 마주하는 것과는 다르며, 열심히
기다린다고 보이는 것도 아니다. 낯선 곳을 천천히 걸으며
내 시선에 애정을 담으면 어느 순간 마법같이 나타나는 것이다.

2018. 9. 전남 가란도

나루터

전남 영산강에는 나루터가 많았다.

지금처럼 다리가 많지 않던 시절, 나룻배는 강을 끼고 마주한

동네 사람들의 소중한 이동 수단이었다. 나룻배가 없었다면

영암과 무안이라는 행정 구역의 명칭 차이만큼 주민들의

가치관과 생활 방식에도 격차가 생겼을 테다.

하구 둑과 보로 인해 강폭이 넓어지고, 곳곳에 다리가 놓이기

시작하면서부터 나루터의 기능은 쇠약해졌다.

나룻배와 접안 시설의 흔적도 지금은 찾아보기 어렵다.

뱃사공도 사라졌다. 나루터는 이제 과거의 이야기가 되었다.

지도 위 표시로만 남아, 지난날 자신의 존재를 희미하게

증명하고 있을 뿐이다.

시간을 잡는 일

바쁜 도시민에게 계절의 변화는 특별히 챙겨야 할 사건이 되었다.
"어느새 가을이 다 지나갔네"라면서 말이다.
잊고 지나치지 않기 위해, 계절별로 마음에 드는 장면을
찍었던 촬영 일자와 장소를 탁상 달력에 표시해 두기로 했다.
물처럼 흐르는 시간을 순간으로나마 붙잡기 위한
나만의 기억법이다.

2019. 10. 서울 덕수궁 돌담길

노들섬 재탄생

한강 노들섬은 딴 세상이었다.

오랫동안 낯선 풍경을 자아내는 이국적 공간으로 남아 있었다.

그런 모습에 매료돼 수없이 섬을 찾아 셔터를 눌렀다.

이제 다시 볼 수 없게 된 노들섬의 황량한 풍경은

그렇게 사진으로 남았다.

사진의 오라aura는 시간이 만들어주는 것임을 실감한다.

밤섬

조선 시대부터 강 한복판으로 들어온 사람들이 모여 살던 마을.

그러나 1960년대 한강 개발의 희생양으로 강제로 무인도가 된

사연 많은 섬.

폭파되고 흙과 돌을 내어주고 황무지로 전락한 땅.

그러나 반세기 넘게 쉬지 않고 흐른 강은 토사를 쌓아 올려 섬이

제 모습을 찾고 울창한 숲을 이룰 수 있도록 해주었다.

아침저녁으로 날아오르는 새들의 군무는 장관을 이루고,

산란기 모래톱에 모여든 잉어 떼는 물보라를 일으킨다.

그렇게 밤섬은 상처 치유와 복원이라는 자연의 위대한 능력을

증언해 주고 있다.

2020. 7. 서울 한강 밤섬

동해

마음에 응어리가 생길 때, 현실이 답답할 때, 박차고 떠나

찾아가던 곳이 동해 바다다.

예전 동해 바다는 쉽게 갈 수 있는 곳이 아니었다.

주머니 사정도, 교통 사정도 좋지 않던 시절에 대학생이 동해로

가는 방법은 청량리역에서 비둘기호 완행열차를 타는 것이었다.

늦은 밤 출발해 새벽녘에 도착하는 심야 열차를 타고서 말이다.

그렇게들 동해 바다로 향했다.

잡고 싶었던 고래는 본 적 없지만 응어리는 풀 수 있었다.

'강원도의 힘'을 받아 돌아오곤 했던 곳.

2017. 5. 강원 거진읍

꽃 사진

꽃을 마주하면 나도 모르게 휴대폰을 만지작거리고,

셔터에 손가락을 얹는다.

꽃은 애틋한 봉오리 시절을 거쳐 활짝 핀 전성기를 보내고

물기가 빠지면서 고개를 떨군다.

그러다 중력에 순응해 몸을 던져 생애를 마감한다.

화병의 꽃처럼 활짝 펴야만 아름다운 게 아니다.

때마다 모두 아름답고 애잔하다.

꽃 사진을 보면 꼭 나의 마음을 들킨 것 같다.

그래서 숨겨두고 몰래몰래 꺼내 보는가 보다.

2020. 4. 서울 절두산 성당

2020. 9. 서울 을지로

해바라기

해만 바라본다고 하여 해바라기라 이름 붙여진 꽃.

식당과 상점 벽에 부적처럼 붙어 있는,

아무도 눈길을 주지 않는 해바라기의 모습이 애처롭다.

지고지순과 이글거리는 열정의 의지를 누가 알아줄꼬.

2018. 9. 제주 가파도

2021. 2. 충남 금강 자전거길

3월, 강가

3월 중순, 낮과 밤의 길이가 같아지는 춘분 무렵의 강가는
무채색과 유채색이 뒤섞인다.
강변에는 아직 메마른 회색이 뒤덮여 있지만,
연둣빛 새싹이 살짝 고개를 내민다.
파랗고 노란 야생화가 피기 시작했으나 모노톤의 억새가
여전히 출렁거린다.
자연은 그렇게 공존하며 순환한다.
끝은 없고 이어짐이 계속된다.
봄이 왔다고 겨울이 끝난 게 아니다.
얼고 녹으며 헐거워지고 단단해지는 것이 반복될 뿐이다.
3월, 강가에는 마름과 움틈이 공존한다.

2021. 3. 전남 영산강

헌정

같은 강에 반복해서 가곤 한다.

예전에 본 강과 현재의 강 사이에 어떤 간극이 있는지 확인하고

싶어서다. 세상이 조금씩 변하듯 강의 모습도 매 시각 달라진다.

이러한 변화를 인지하게 하는 건 '반복의 관찰'이다.

카메라를 들어 현재를 기록한다.

찰칵, 사진을 찍는 순간 현재는 금세 과거가 된다.

카메라에 담긴 강은 미래의 내가 다시 보게 될 과거의 강이 된다.

바로 지금, 강을 따라가며 찍는 사진은 그러니

미래의 나에게 헌정하는 선물이다.

2020. 7. 경기 양평 양수리

2020. 11. 전남 영산강

강가 풍경

마른 풀과 잡목이 자라는 그저 덩그러한 공간이 아니다.

눈에 잘 보이지 않지만 수많은 동물과 풀이 살아가고,

새들이 보금자리를 튼다.

인간 역시 산책로와 자전거 길을 만들어 여가와 휴식이라는

혜택을 누린다.

강은 그렇게 마름으로써 더욱 풍성해진다.

2020. 9. 충남 금강

지는 꽃도 꽃이다

꽃은 하늘에서 피고 땅에서 진다.

망울이 맺히고 시들어 떨어질 때까지 어느 순간이든, 꽃은 꽃이다.

가장 애잔한 것은 땅에 떨어진 꽃.

수분이 빠져나가 말라버린 꽃은, 중력을 이기지 못하고

땅에 떨어진다.

바스러질 듯 주름 잡힌 땅의 꽃은 애잔해서 더 아름답다.

2019. 11. 전남 강진 백운동별서정원

2014. 4. 서울 부암동

제철 사진

제철 과일이 좋다고 한다.

온도나 빛의 양을 인위적으로 조절하지 않고, 오직 그 계절의

기후와 바람으로 자란 열매가 영양소도 좋고 사람의 몸에도

잘 스며든다는 얘기일 것이다.

일 년에 네 번, 계절에 맞는 소재를 찾아 촬영에 나선다.

봄꽃, 녹음방초, 단풍, 설경 등 계절에 맞는 익숙한 소재를

때에 맞게 찍는다.

아무리 찍어도 식상하지 않다.

사진의 리듬, 이른바 '제철 사진'이다.

섬진강 유채꽃

4월 중순 섬진강에선 매화와 산수유 흔적을 찾기 힘들다.

얼마 전까지 상춘객들로 붐비던 광양 매화마을길도 고즈넉하다.

대신 새로운 주인공이 등장했다.

섬진강변과 매실나무 밭에 유채꽃이 꽃망울을 터뜨린 것이다.

만발한 유채꽃은 강줄기 따라 끝없이 이어진다.

3월의 섬진강이 희고 붉은 매화밭이었다면, 4월의 섬진강은

노란 유채꽃 물결이다.

연초록과 황금빛이 어우러져 탄성을 자아낸다.

2021. 4. 전남 섬진강

2021. 4. 전남 광양

방해꾼 없는 강

섬진강에는 방해꾼이 없다. 물살을 막아서는 하구 둑과 보가

없기에, 섬진강은 때에 따라 불규칙한 얼굴을 보인다.

건기에는 개울처럼 좁고 얕게 흐르다가

우기가 되면 큰 강의 위용을 사납게 드러내는 식이다.

호수처럼 잔잔한 강 풍경이 익숙하다면 낯설게 느껴질지

모르지만, 강의 모습이란 본래 그렇다.

인위적인 간섭이 없는 자연스러움. 때로는 강하고,

때로는 약해지는 물살의 움직임.

자연 하천을 바라보는 마음이 각별한 이유다.

2020. 6. 섬진강

2020. 5. 충남 태안

수평선

수평선이 있어 바다가 좋다.

바다를 가르는 가르마이자

인간과 자연, 이상과 현실이 교차되는 경계의 영역.

만남과 헤어짐, 행운과 불행이 반복되는 우리 삶과도 흡사하다.

내 마음의 상태에 따라 수평선은 늘 다르게 다가온다.

4 ——————————————————————— 길

자전거와 인생

자전거는 온전히 내 몸이 만들어내는 에너지만으로 달려야 하는
지극히 단순한 작동 원리를 따른다. 균형을 잡고 넘어지지 않기
위해서는 끊임없이 움직여야 하는 것이다.
페달을 밟을 때마다 몸과 마음이 앞으로 나아가듯, 꾸준히
움직이고 노력하는 사람만이 자기 인생을 제대로 꾸려갈 수
있다는 것을 자전거는 우리에게 가르쳐준다.

2013. 1. 서울 여의도

2015. 3. 서울 안양천

골목길 예찬

골목길을 걷는다.

소박하고 인정 넘치는 사람들의 삶과 흔적을 길 위에서 만난다.

페인트칠 벗겨진 낡은 철제 대문과 문고리, 방범 창틀,

아이들의 낙서, 스티로폼 화분, 잠자리 모양의 TV 안테나,

빨랫줄과 알록달록한 집게….

디지털 시대에 어울릴 것 같지 않는 물건들이지만 사람들에게는

여전히 이런 풍경이 필요하다.

불과 몇 년 사이 서울에서도 교남동, 북아현동, 애오개, 녹번동의

정겨운 골목길이 사라져버렸다.

아쉬움에 더욱 부지런히 걸으며 골목길을 눈에 담는다.

2019. 4. 전남 나주 원도심

2021. 2. 서울 한강철교

한강 다리

한강에는 하류 쪽 일산대교부터 상류 쪽 팔당대교까지
모두 32개 다리가 있다. 사람들의 이동을 돕고 마음을 이어주는
혈관 같은 존재이지만, 통행은 사람보다 자동차가 우선이다.
인도가 있으나 두 사람이 겨우 스쳐 지나갈 정도다.
대한민국 수도를 관통하는 아름답고 웅장한 물길을 가장
가까이서 바라볼 수 있는 곳인데, 접근이 쉽지 않다.
한강 다리를 휴식과 산책의 공간으로 활용할 수는 없을까?
걷는 사람들이 주인 행세하는 다리의 쓰임을 상상해 본다.

점보단 선

지나간 여행을 떠올리는 걸 즐긴다. 점보단 선의 형태로.
특정 장소에서 받은 느낌을 그저 각각의 개별적인 점처럼
회상하기보다, 출발 지점에서 도착 지점까지 몸과 마음이 움직인
모든 장소를 하나의 선으로 연결하여 느끼려 한다.
여행 내내 느꼈던 감상의 기억을 입체적으로 모으면
비로소 여행의 의미가 살아난다.

2019. 10. 에스토니아 탈린

바람 따라

물이 높은 곳에서 낮은 곳으로 흐르는 건 자연의 이치다.

강길을 따라가는 자전거 페달도 상류에서 하류 쪽으로

향하곤 한다.

하지만 자전거의 움직임에 영향을 주는 건 페달의 방향이 아니라

바람의 방향이다.

바람을 등지고 매끄럽게 나아가기도,

바람에 부딪치며 힘겹게 저항해 가기도 한다.

그런 모습이 인생과 꼭 닮았다.

2020. 5. 충남 금강 자전거길

2016. 4. 핀란드 헬싱키

2017. 12. 전북 익산 나바위성당

왕의 도시에서 신의 마을로

충남 공주에서 부여를 거쳐 강경으로 가는 길은
왕들의 세계에서 신들의 세계로 들어가는 여정이다.
왕궁과 왕실 사찰, 고분이 즐비한 공주와 부여는 백제의
수도였다. 강경은 젓갈의 최대 유통지로 강 하류에 둑이
만들어지기 전까지 서해에서 어선들이 올라와 파시를 이뤘다.
크게 펼쳐진 젓갈 시장은 각지에서 사람을 불러 모았고,
그 사람들은 삶의 풍요와 안식을 기원하며 신을 찾았다.
나바위 성지, 국내 최초 침례 교회, 여러 종파의 개신 교회가
어우러져 어느 고장보다 신들이 많은 마을 풍경을 만들어냈다.

걷기의 예술

"발로 사진을 찍는다"라는 말이 있다. 사진 생활을 즐겁게
지속하기 위해서는 '잘 걷기'에 익숙해져야 한다.

사진은 찍는 이의 생각과 느낌을 표현하는 행위다. 걷기는 그런
자기표현 행위를 자극하고 고무시킨다.

걷기는 사진 감각을 높여주고 카메라에 손이 갈 장소와 시점을
알려준다. 걷기 예찬가인 장 자크 루소는 걸으면서 생각을
구성하고 창조적 영감을 얻었다. 그걸 토대로 글을 쓰고 아름다운
선율을 작곡했다. 이를 사진에 적용해도 무방할 것이다.

부지런한 걸음걸이가 좋은 사진을 만든다.

2021. 2. 서울 난지한강공원

부암동

광화문 주변에 살고 싶었다. 학창 시절에 미래를 설계하던
사회과학도서관과 종로도서관이 있는 사직동이 좋고,
단골 막걸릿집이 있는 체부동과 고즈넉한 효자동이 좋다.
젊은 날의 초상이 새겨져 있는 곳이다. 광화문은 나의 첫 직장이
있던 곳이고, 연애 시절의 추억이 있는 곳이기도 하다.
부암동은 광화문으로 가는 최적의 장소에 위치해 있다.
핫 플레이스와 개발 제한 구역이 공존하는 독특한 분위기가
풍기는 산중턱 마을이다. 언젠가부터 광화문을 지척에 둔
부암동에 살고 싶다는 생각을 했다. 작은 빌라 얻어 은퇴 이후의
시간을 보내고 싶다. 그렇게 부암동 꿈을 키운다.

길

길은 통로로만 쓰이는 게 아니다. 마음을 이어주고 의견과 사상의
대립을 조율하는 완충 지대의 역할을 하기도 한다.

송광사와 선암사를 잇는 조계산 자락 길과 다산초당과 백련사를
연결하는 오솔길은 제도와 사상이 엇갈리는 간극의 문턱이지만,
또한 기대와 화해의 무대이기도 하다.

두 길을 걷다 보면 조계종과 태고종이라는 종단의 차이가
무의미해 보이고, 다산 정약용과 초의 선사가 추구한 진리가
결국 하나로 만날 수 있음을 깨닫게 된다.

두 길 사이를 오가며 조우했을 화해와 우정을 생각한다.

2019. 3. 전남 나주평야

2018. 11. 전남 보성

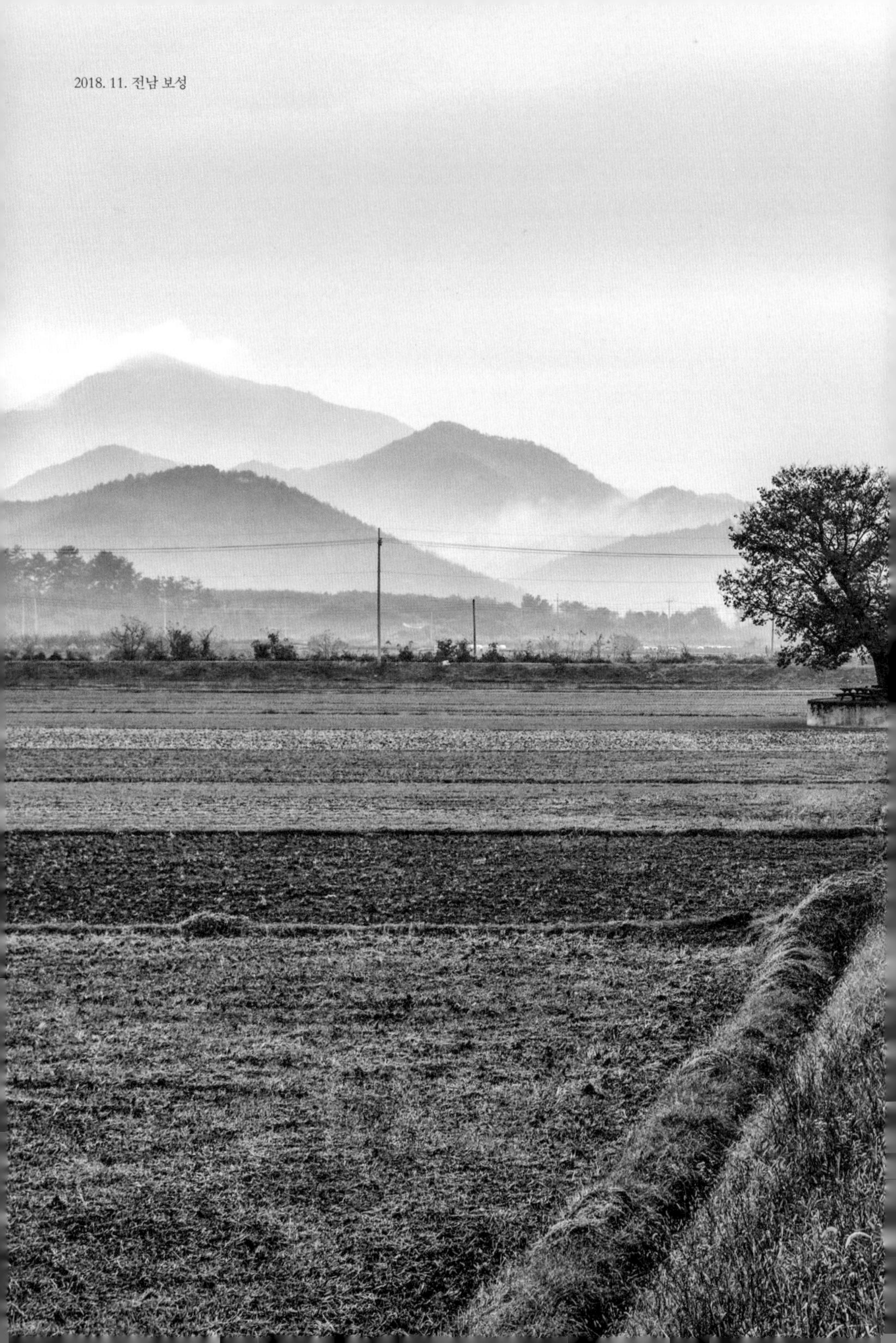

지리산 불국토 가는 길

섬진강은 동쪽으로 지리산을 끼고 흐른다. 드높은 지리산은
깊은 계곡을 만들고, 피아골과 화개천 중상류에 쌍계사와
연곡사를 품었다. 섬진강에서 방향을 틀어 지리산 불국토로
향하는 자전거는 숨이 가쁘다. 한동안 힘겹게 페달을 밟아
오르막길을 올라야 하기 때문이다. 하지만 다시 섬진강으로
합류하는 여정은 쾌속 질주 하산 길이다.
어차피 길의 고도는 평균으로 수렴된다. 오르막이 나온다고
한숨 쉴 일도, 내리막이라고 마냥 신날 것도 아니다.

2020. 6. 경남 하동 쌍계사

2018. 11. 전남 장흥

여백

채운다고 모두 충만해지겠나.

더한다고 마냥 뿌듯한 것도 아니다.

빈자리를 남겨두면 보기도 좋고 마음도 여유로워진다.

빈자리가 일깨우는 아름다움은 은근하다.

빈자리만큼의 상상도 가능하다.

최상의 디자인, 최고의 구도는 더 이상 뺄 게 없는 상태.

복잡하게 얽힌 세상에서 단순함과 허허로움이 마음에 와 닿는 건

역설이자 순리다.

2013. 10. 한강 가마우지

사진의 두 가지 욕망

사진은 두 가지 욕망을 품는다.

하나는 예술 장르로 인정받는 것,

다른 하나는 매체로서 위상을 지키는 것이다.

모든 사진은 '기록'하는 동시에 '표현'하는 것이다.

사진가는 평생 예술가와 기록자 사이를 넘나드는

숙명을 안고 살아간다.

2015. 11. 서울 낙원동

2017. 1. 겨울 한강 밤섬

2019. 12. 서울 낙원동

202.

노출의 트라이앵글 법칙

셔터, 조리개, ISO.

카메라에서 노출을 조절하는 장치다.

이 셋을 조합해 적절한 노출 상황을 만들어 촬영을 한다.

이 세 요소는 각기 다른 역할을 수행하지만, 영향을 주기 때문에

서로 의존할 수밖에 없는 관계를 맺는다.

이른바 트라이앵글 법칙이다.

어느 날 카메라를 들고 피사체를 응시할 때

셔터, 조리개, ISO의 수치가 자연스럽게 떠오르면,

그날이 바로 초보 사진가를 졸업하는 날이라 생각해도 무방하다.

사진 생활의 출발은 노출을 이해하고 조절하는 방법을 터득하는

것에서부터 시작된다.

2018. 3. 독일 라돌프첼

구도에 대하여

구도를 통해 이미지를 전달한다.

좋은 구도에 이르는 과정은 섬세함과 집중력이 요구된다.

말하자면 다양한 시각적 요소를 카메라 프레임 안에 넣거나

빼내는 과정인데, 이러한 '넣고, 빼는' 행위는 늘 고민을 안겨준다.

의도된 연출을 하지 않는 한, 눈앞의 시각적 요소들을 인위적으로

없애거나 새로 만들어낼 수는 없기 때문이다. 다만 프레임 안에

포함시킬지 아니면 제외시킬 것인지를 결정할 수는 있다.

순간 포착을 위한 신속한 판단이 필요하다.

셔터를 누르는 순간에는 이미 프레임 안의 시각적 요소 배치가

이루어져야 한다.

2021. 5. 서울 창경궁

2018. 12. 서울 화곡동

어디에서 찍을 것인가

사진 촬영을 위해 특별히 좋은 장소가 있는 건 아니다.

나의 의도에 부합하거나 그렇지 않은 장소가 있을 뿐이다.

나 홀로 충분히 시간을 갖고 피사체에 다가갈 수 있고,

사진 생각으로 충만해질 수 있는 곳이라면 충분하다.

가까운 곳에서도 좋은 포인트를 만날 수 있다.

내가 살고 있는 동네의 산이나 공원, 골목길이어도 좋다.

신비로운 일들은 친숙한 장소에서 일어나기 마련이다.

2019. 2. 전남 나주 원도심

'악마 렌즈'란 없다

"줌 렌즈zoom lens는 악마의 작품"이라는 말이 있다.

줌 렌즈는 촬영자에게 편리함을 제공할 뿐, 사진에 대한 시각을

구축하는 데 도움을 주지 않는다는 것을 비판한 말이다.

하지만 렌즈는 도구일 뿐이다.

다양한 피사체에 관심을 갖는 촬영자에게

줌 렌즈는 효율적인 장비다.

피사체가 달라질 때마다 매번 렌즈를 교환하는 것은

쉬운 일이 아니다.

그렇기 때문에 '악마'라는 자극적인 말로 줌 렌즈 사용자를

폄훼하는 것은 지나치다.

줌 렌즈를 쓰든 단초점 렌즈를 사용하든 그건 촬영 조건을 감안한

선택일 뿐이다.

광각, 망원, 표준 렌즈도 마찬가지다.

사진 보정에 대하여

보정補正은 여전히 많은 오해를 불러일으킨다.

사진 보정은 이미지의 수정이나 편집보다는 복원에 가까운

개념이다.

복원은 촬영 당시의 상황에 가장 가깝게 사진을 재현하는 것이다.

피사체의 밝기, 선명도, 색상 그리고 현장의 분위기까지

촬영할 때 사진가의 눈에 비친 모습을 기억을 토대로

복원하는 것이 보정이다.

여기엔 촬영 당시 현장에서 느꼈던 작가의 '심리적 정황'까지도

포함된다.

따라서 현장에 없던 이미지를 끼워 넣거나 색온도를 조작하거나

특정 색상을 과도하게 강조하는 것은 보정과는 거리가 먼

다른 성격의 작업이다.

2018. 3. 스위스 취리히

2017. 7. 서울 월드컵대교

필름 카메라

사람들은 반드시 편리한 것만 좋아하진 않는다. 가끔은 불편한
것을 감수하려는 마음을 한구석에 담아두고 있다. 아날로그
감성이다. 그래서인지 최근 들어 필름 카메라로 사진을 찍으려는
사람들이 늘어나고 있다. 필름 현상소도 다시 생겨나고 있다.
아날로그 사진에 대한 향수가 남아 있고, 거칠고 투박한 필름
사진의 매력에 빠져들고 싶은 것이다.

지나치게 화려하고 선명한 이미지에 피곤함을 느낄 때, 고가
디지털카메라의 첨단 기능에 주눅 들 때 장롱 속 필름 카메라를
꺼내 사진 산책을 나가본다. 셔터를 누르자마자 습관적으로 액정
화면을 확인하려다 '아차!' 하는 나의 모습을 발견하게 된다.
답답함을 참아내고 적응하면서 천천히 피사체를 응시하는 법을
배우게 된다. 정성스레 구도를 잡아 한 장 한 장 조심스럽게 사진을
찍으면서 느림의 미학을 경험한다. 36장짜리 필름 한 통 찍는 데
생각보다 꽤 많은 시간이 걸린다는 것도 깨닫는다. 한참을 기다려
모습을 드러낸 필름 속 사진을 보며 사진뿐만 아니라 세상일을
얼마나 가볍고 성급하게 다뤘는지 다시금 생각한다.

2019. 12. 서울 종로3가

초상권 침해

지나가는 불특정 사람들에게 무단으로 카메라를 들이대는
이들이 있다.
"과감하게 들이대라, 일단 찍고 허락은 이후에 받으면 된다"는
말로 초상권 침해를 별일 아닌 것으로 치부하기도 한다.
예술이라는 명분으로, 자연스러운 사진을 얻겠다는 이유로
무단 촬영하는 것은 무례하고 어리석은 행동이다.
사진이 누군가에게 상처를 주는 비수가 될 수 있음을 간과하는
행동이다.
뜻하지 않게 위법자라는 굴레를 짊어질 수도 있으니 더욱 그렇다.

2016. 4. 서울 중림동

좋은 사진은 마음을 움직인다

저마다 사진을 찍는 이유가 다를 것이다.

나의 경우 '삶의 모습'을 기억하기 위해 카메라를 든다.

그 기억의 대상은 이미지뿐만 아니라 사진에 스며든 이야기까지

포함한다. 사람들은 삶의 기억을 더듬어낼 수 있는 사진에

감정적 동요를 일으킨다.

눈에 보이는 외형만 그럴듯해서는 좋은 사진이 될 수 없다.

마음을 움직이는 사진, 이면에 이야기를 품고 있는 사진이

좋은 사진이다.

감정을 불러일으키고 보는 이의 마음속에 이야기가 만들어지는

사진이 좋은 사진으로 기억된다.

2015. 12. 강원 설악산 백담사

2021. 2. 서울 인사동

224.

2012. 7. 강원 평창

2021. 2. 서울 평창동

228.

사진의 깊이

"사진은 카메라가 찍는 게 아니라 눈과 마음으로 찍는다."

여기에 사진의 진실이 있다.

찍는 자에겐 창의적 시각과 철학적 사고, 그리고 지속적인

열정이 필요하다.

물론 이런 것들이 마음먹는 대로 생기는 것은 아니다.

시각은 타고나야 하고 철학은 자기 성찰의 결과이며

열정은 단순한 흥미와 즐거움을 뛰어넘어야 한다.

노력하여 도달할 방법을 찾아야 한다.

이미 내 자신 속에 있을지 모르니 일깨워야 한다.

2019. 10. 에스토니아 탈린

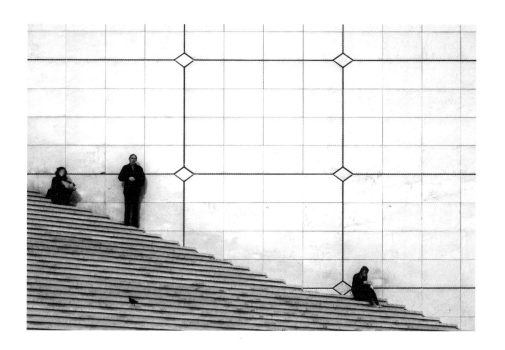

2011. 12. 프랑스 파리 라데팡스

카메라를 바꾸면

DSLR, 콤팩트 카메라, 필름 카메라. 각기 고유한 특성을
가지고 있다.

그것은 피사체를 바라보는 사진가의 시선에 영향을 미친다.

달라진 카메라는 사진가의 피사체에 대한 태도와 마음가짐에
변화를 가져온다.

사진을 바꾸고 싶을 때 카메라에 변화를 주자.

카메라를 바꾸면 사진이 달라질 것이다.

2020. 10. 서울 명동지하상가

사각 프레임

사진은 사각 프레임 예술이다.

네모 모양으로 잘려진 세계를 바라보며 사람들은 해석하고

의미를 부여한다.

프레임에는 사진가의 의도가 스며 있다.

사진 읽기가 결국 사진가의 의도에서 출발할 수밖에 없는 이유다.

사진가는 눈앞에 펼쳐진 장면을 보며 선과 면, 미장센 등을

고려해 프레임을 구성한다.

2019. 10. 독일 베를린 중앙역

수직 수평

세계에서 가장 비싸게 팔린 안드레아스 거스키Andreas Gusky의
사진은 완벽한 수직, 수평 구도를 보여준다.
거스키 사진의 진가를 단지 수직·수평 구도로 평가하는 것은
적절하지 않지만 관람객 입장에서 거스키의 사진은 무엇보다
반듯한 이미지로 다가올 수밖에 없다.
수직과 수평은 균형과 조화를 구현하는 가장 기초적인
미적 장치다.
수직과 수평이 잘 맞은 사진은 안정감과 편안함을 안겨준다.
막상 촬영에 나서면 수직과 수평의 유지가 생각보다
쉽지 않다는 것을 알 수 있다.
노출, 셔터, 흔들림의 문제는 카메라 장치의 자동화로
해결되었지만, 수직과 수평 맞추기는 여전히 매뉴얼의 영역이다.
반복 연습하여 습관으로 만들고 자세를 익히는 수밖에 없다.

재현 사진의 예술성

사진의 본질은 재현이다.

재현이 예술적 표현의 핵심이 되기 위해서는 피사체를 단순

모사하거나 복제하는 데 그쳐서는 안 된다.

그 이상, 즉 '메타 모사'로서 기능해야 하고,

피사체 고유의 외면적 기호에 새로운 '기의記意'를 입힐 수

있어야 한다.

육안으로 봤을 때는 그저 평범한 광경이지만, 사진을 통해 표현된

모습은 새롭고 낯선 이미지로 재현되어야 한다.

어떠한 연출이나 변형을 가하지 않으면서도 피사체 안에

감춰져 있거나 숨겨져 있는 요소를 짚어내, 그것을 재현이라는

표현 방식으로 드러내는 것이다.

그렇게 드러난 이미지는 알레고리로서 또는 낯섦으로,

보는 이들에게 예술적 표현으로 수용된다.

2017. 12. 부산 남항

240.

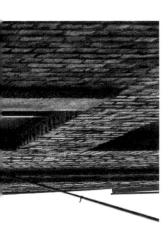

2017. 9. 서울 북창동

걸으면
보이는

초판 1쇄 발행 2021년 9월 6일

지은이 이호준
펴낸이 안지선

디자인 석윤이
교정 신정진
마케팅 최지연 이유리 홍윤정 김현지
제작 투자 타인의취향
제작처 상식문화

펴낸곳 (주)몽스북
출판등록 2018년 10월 22일 제2018-000212호
주소 서울시 강남구 학동로4길15 724
이메일 monsbook33@gmail.com
전화 070-8881-1741
팩스 02-6919-9058

ISBN 979-11-91401-07-3 03800

mons (주)몽스북은 생활 철학, 미식, 환경,
디자인, 리빙 등 일상의 의미와 라이프스타일의
가치를 담은 창작물을 소개합니다.